KB043323

나태주 육필시화집

나태주가 드립니다

나태주 육필시화집

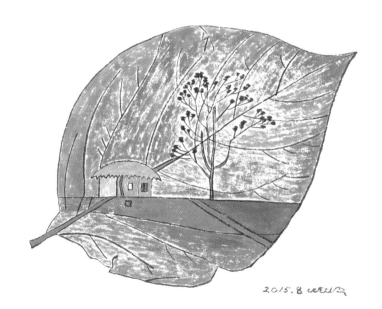

2015. 8 나태주

그러므로

나태주

너는 비둘기를 사랑하고
초롱꽃을 사랑하고
너는 애기를 사랑하고
또 시냇물 소리와 산들바람과
흰 구름까지를 사랑한다

그러한 너를 내가 사랑하므로
나는 저절로
비둘기를 사랑하고
초롱꽃, 애기. 시냇물 소리.
산들바람. 흰 구름까지를 또
차례로 사랑하는 사람이 된다.

2018. 9. 9   나태주 썼습니다.

차 례

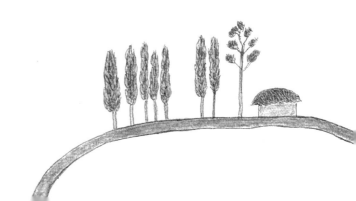

2006.

풀꽃 · 1

자세히 보아야
예쁘다

오래 보아야
사랑스럽다

너도 그렇다.

자세히 보아야
예쁘다

오래 보아야
사랑스럽다

너도 그렇다.

이천 십사 년 、 풀 꽃 시 를 씁 니 다 。

나 태 주

2014.

풀꽃·1

자세히 보아야
예쁘다

오래 보아야
사랑스럽다

너도 그렇다.

풀꽃

자세히 보아야
예쁘다

오래 보아야
사랑스럽다

너도 그렇다.

이천십오년 가을,
풀꽃 이란 글을 씁니다.

나태주

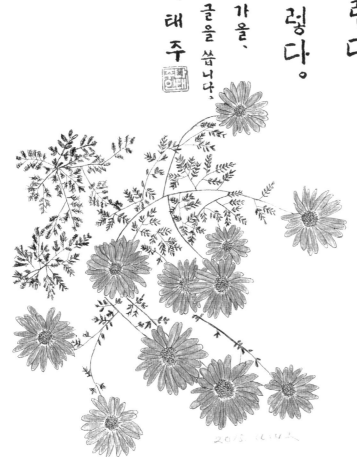

대숲 아래서

1
바람은 구름을 몰고
구름은 생각을 몰고
다시 생각은 대숲을 몰고
대숲 아래 내 마음은 낙엽을 몬다.

2
밤새도록 댓잎에 별빛 어리듯
그슬린 등피에는 네 얼굴이 어리고
밤 깊어 대숲에는 후둑이다 가는 밤 소나기 소리.
그리고도 간간이 사운대다 가는 밤바람 소리.

3
어제는 보고 싶다 편지 쓰고
어젯밤 꿈엔 너를 만나 쓰러져 울었다.
자고 나니 눈두덩엔 메마른 눈물자죽,
문을 여니 산골엔 실비단 안개.

4
모두가 내 것만은 아닌 가을,
해 지는 서녘구름만이 내 차지다.
동구 밖에 떠드는 애들의
소리만이 내 차지다.
또한 동구 밖에서부터 피어오르는
밤안개만이 내 차지다.

하기는 모두가 내 것만은 아닌 것도 아닌
이 가을,
저녁밥 일찍이 먹고
우물가에 산보 나온
달님만이 내 차지다.
물에 빠져 머리칼 헹구는
달님만이 내 차지다.

밤새도록 댓잎에
별빛 어리듯

그 등피에 어리고
네 얼굴이

밤 깊어 대숲에는
후둑이다 가는
밤 소나기 소리

그리고도 간간이
사운대다 가는
밤바람 소리

이천십오년 가을,
대숲 아래서의 일부를
적습니다.

나태주

대숲 아래서

1
바람은 구름을 몰고
구름은 생각을 몰고
다시 생각은 대숲을 몰고
대숲 아래 내 마음은 낙엽을 몬다.

2
밤새도록 댓잎에 별빛 어리듯
그슬린 등피에는 네 얼굴이 어리고
밤 깊어 대숲에는 후둑이다 가는 밤 소나기 소리.
그리고도 간간이 사운대다 가는 밤바람 소리.

3
어제는 보고 싶다 편지 쓰고
어젯밤 꿈엔 너를 만나 쓰러져 울었다.
자고 나니 눈두덩엔 메마른 눈물자죽,
문을 여니 산골엔 실비단 안개.

4
모두가 내 것만은 아닌 가을,
해 지는 서녘구름만이 내 차지다.
동구 밖에 떠드는 애들의
소리만이 내 차지다.
또한 동구 밖에서부터 피어오르는
밤안개만이 내 차지다.

하기는 모두가 내 것만은 아닌 것도 아닌
이 가을,
저녁밥 일찍이 먹고
우물가에 산보 나온
달님만이 내 차지다.
물에 빠져 머리칼 헹구는
달님만이 내 차지다.

2014. 나태주

'대숲 아래서' 일절

밤새도록 댓잎에
별빛 어리듯
그슬린 등피에는
네 얼굴이 어리고
밤 깊어 대숲에는
후둑이다 가는
밤소나기 소리
그리고도 간간이
사운대다 가는
밤바람 소리.

이천십사년,

나태주

황홀극치

황홀, 눈부심
좋아서 어쩔 줄 몰라 함
좋아서 까무러칠 것 같음
어쨌든 좋아서 죽겠음

해 뜨는 것이 황홀이고
해 지는 것이 황홀이고
새 우는 것 꽃 피는 것 황홀이고
강물이 꼬리를 흔들며 바다에
이르는 것이 황홀이다

그렇지, 무엇보다
바다 울렁임, 일파만파, 그곳의 노을,
빠져 죽어버리고 싶은 충동이 황홀이다

아니다, 내 앞에
웃고 있는 네가 황홀, 황홀의 극치다

도대체 너는 어디서 온 거냐?
어떻게 온 거냐?
왜 온 거냐?
천 년 전 약속이나 이루려는 듯.

그렇지, 무엇보다
바다 울렁임, 일파만파, 그곳의
노을, 빠져 죽어버리고 싶은 충
동이 황홀이다

의 극치다
웃고 있는 네가 황홀, 황홀
아니다, 네 앞에

도대체 너는 어디서 온 거냐?
어떻게 온 거냐?
왜 온 거냐?
천년 전 약속이나 이루려는 듯.

이천십오년 가을, 황홀 극치의 일부를
적습니다.

나 태 주

너를 두고

세상에 와서
내가 하는 말 가운데서
가장 고운 말을
너에게 들려주고 싶다

세상에 와서
내가 가진 생각 가운데서
가장 예쁜 생각을
너에게 주고 싶다

세상에 와서
내가 할 수 있는 표정 가운데서
가장 좋은 표정을
너에게 보이고 싶었다

이것이 내가 너를
사랑하는 진정한 이유다
나 스스로 네 앞에서 가장
좋은 사람이 되고 싶은 소망이다.

세상에 와서
내가 하는 말 가운데서
가장 고운 말을
너에게 들려주고 싶다

세상에 와서
내가 가진 생각 가운데서
가장 예쁜 생각을
너에게 주고 싶다

세상에 와서
내가 할 수 있는 표정
가운데서
가장 좋은 표정을
너에게 보이고 싶었다

이것이 내가 너를
사랑하는 진정한 이유다.

이천십오년 가을,
너를 두고 일부를 씁니다. 나태주

바람에게 묻는다

바람에게 묻는다
지금 그곳에는 여전히
꽃이 피었던가 달이 떴던가

바람에게 듣는다
내 그리운 사람
못 잊을 사람
아직도 나를 기다려
그곳에서 서성이고 있던가

내게 불러줬던 노래
아직도 혼자 부르며
울고 있던가.

바람에게 묻는다

바람에게 묻는다
지금 그곳에는 여전히
꽃이 피었던가 달이
떴던가
바람에게 듣는다
내 그리운 사람
못 잊을 사람
아직도 나를 기다려
그곳에서 서성이고 있던가
내게 불러줬던 노래
아직도 혼자 부르며
울고 있던가.

이천십오년 가을,
바람에게 묻는다를 적습니다.
나 태 주

2015. ㄸㄹㅁㅅ

내가 너를

내가 너를
얼마나 좋아하는지
너는 몰라도 된다

너를 좋아하는 마음은
오로지 나의 것이요
나의 그리움은
나 혼자만의 것으로도
차고 넘치니까…

나는 이제
너 없이도 너를
좋아할 수 있다.

2018.

내가 너를
얼마나 좋아하는지
너는 몰라도 된다

너를 좋아하는 마음은
오로지 나의 것이요
나의 그리움은
나 혼자만의 것으로도
차고 넘치니까…

나는 이제
너 없이도 너를
좋아할 수 있다.

이천십팔년. 내가 너를 올 씁니다.
나 태 주

사는 법

그리운 날은 그림을 그리고
쓸쓸한 날은 음악을 들었다

그리고도 남는 날은
너를 생각해야만 했다.

2014. 대숲

그리운 날은
그림을 그리고
쓸쓸한 날은
음악을 들었다

그리고도
남는 날은
너를 생각해야만
했다.

이천십사년.

사는 법 이란 글을 씁니다.

나태주

아름다운 사람

아름다운 사람
눈을 둘 곳이 없다

바라볼 수도 없고
그렇다고 아니
바라볼 수도 없고

그저 눈이
부시기만 한 사람.

아름다운 사람
눈을 둘 곳이 없다

바라볼 수도 없고
그렇다고 아니
바라볼 수도 없고

그저 눈이
부시기만 한 사람.

이천십오년 가을,

나태주

아름다운 사람을 적습니다.

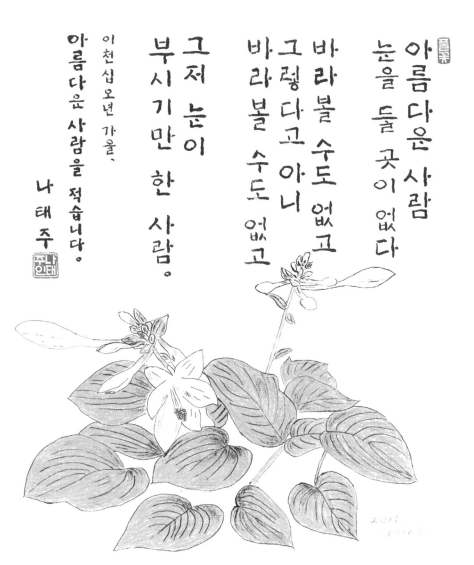

그리움 · 1
— 강신용 시인

햇빛이 너무 좋아
혼자 왔다 혼자
돌아갑니다.

2015. 따라서

햇빛이
너무 좋아
좋아서
혼자
왔다가
혼자 돌아갑니다

이천십오년 가을,

그리움이란 글을 씁니다.

나태주

그리움·2

가지 말라는데 가고 싶은 길이 있다
만나지 말자면서 만나고 싶은 사람이 있다
하지 말라면 더욱 해보고 싶은 일이 있다

그것이 인생이고 그리움
바로 너다.

가지 말라는데 가고 싶은 길이 있고

만나지 말자면서 만나고 싶은 사람이 있다

하지 말라면 더욱 해 보고 싶은 일이 있다

그것이 인생이고 그리움

바로 너다.

이천십오년 가을,
그리움이란 글을 적습니다.

나태주

2014. 버들치

11월

돌아가기엔 이미 너무 많이 와버렸고
버리기에는 차마 아까운 시간입니다

어디선가 서리 맞은 어린 장미 한 송이
피를 문 입술로 이쪽을 보고 있을 것만 같습니다

낮이 조금 더 짧아졌습니다
더욱 그대를 사랑해야 하겠습니다.

돌아가기엔 이미 너무 많이 와 버렸고
버리기에는 차마 아까운 시간입니다
어디선가 서리 맞은 어린 장미 한 송이
피를 문 입술로 이쪽을 보고 있을 것만
같습니다
낮이 조금 더 짧아졌습니다
더욱 그대를 사랑해야 하겠습니다.

이천십오년 가을, 십일월 이런 글을 씁니다.

나태주

이별 사랑

꽃 속에 네가 보인다
웃고 있는 얼굴

구름 속에 네가 보인다
어딘가를 보고 있는 얼굴

바람 속에 네가 보인다
눈을 감고 있는 얼굴

우리 공주님 오늘도
잘 있거라 기도하며 산다.

꽃 속에 네가 보인다
웃고 있는 얼굴

구름 속에 네가 보인다
어딘가를 보고 있는
얼굴

바람 속에 네가 보인다
눈을 감고 있는 얼굴

우리 공주님 오늘도
잘 있거라 기도하며
산다.

이천십오년 가을, 이별사랑을
씁니다.

나태주

아끼지 마세요

좋은 것 아끼지 마세요
옷장 속에 들어 있는 새로운 옷 예쁜 옷
잔칫날 간다고 결혼식장 간다고
아끼지 마세요
그러다 그러다가 철 지나면 헌 옷 되지요

마음 또한 아끼지 마세요
마음속에 들어 있는 사랑스런 마음 그리운 마음
정말로 좋은 사람 생기면 준다고
아끼지 마세요
그러다 그러다가 마음의 물기 마르면 노인이 되지요

좋은 옷 있으면 생각날 때 입고
좋은 음식 있으면 먹고 싶을 때 먹고
좋은 음악 있으면 듣고 싶을 때 들으세요
더구나 좋은 사람 있다면
마음속에 숨겨두지 말고
마음껏 좋아하고 마음껏 그리워하세요

그리하여 때로는 얼굴 붉힐 일
눈물 글썽일 일 있다 한들
그게 무슨 대수겠어요!
지금도 그대 앞에 꽃이 있고
좋은 사람이 있지 않나요
그 꽃을 마음껏 좋아하고
그 사람을 마음껏 그리워하세요.

좋은 옷 있으면 생각날 때 입고
좋은 음식 있으면 먹고 싶을 때 먹고
좋은 음악 있으면 듣고 싶을 때 들으세요
더구나 좋은 사람 있다면
마음속에 숨겨두지 말고
마음껏 좋아하고 마음껏
그리워하세요

그리하여 때때로 얼굴 붉
힐 일 눈물 글썽일 일
있다한들 그게 무슨 대수
겠어요

지금도 그대 앞에 꽃이 있고
좋은 사람이 있지 않나요
그 꽃을 마음껏 좋아하고
그 사람을 마음껏 그리워하세요.

이천십오년 가을,
아끼지 마세요 일부글
씁니다. 나태주

2015.

노래

노래는 어디에서 오는가?
마을에서도 변두리
변두리에서도 오두막집
어둠 찾아와
창문에 불이 켜지고
나무 아래 내어다 놓은 들마루
그 위에 모여 앉아 떠들며
웃으며 노는 아이들

—거기에서 온다

노래는 어디에서 오는가?
한길에서도 오솔길
오솔길이 가다가 발을 멈춘 곳
도란도란 사람들 목소리
들려오는 오두막집
개구리래도 청개구리
따라서 노래 부르는 들창

—거기에서 온다.

노래는 어디에서 오는가

마을에서도 변두리
변두리에서도 오두막집
어둠 찾아와
창문에 불이 켜지고
나무 아래 내어다 놓은
들마루
그 위에 모여 앉아
떠들며 웃으며
노는 아이들

거기에서 온다.

이천십오년 가을,
노래란 시를 적습니당.

나 태 주

화엄

꽃장엄이란 말
가슴이 벅찹니다

꽃송이 하나하나가
세상이요 우주라지요

아, 아, 아,
그만 가슴이 열려

나도 한 송이 꽃으로 팡!
터지고 싶습니다.

꽃장엄이란 말
가슴에 벅찹니다
꽃송이 하나하나가
세상이요 우주라지요
아,아.
그만 가슴이 열려
나도 한 송이 꽃으로 팡!
터지고 싶습니다.

이천십오년 가을,
화엄이란 글을 적습니다.

나 태주

2015.

눈부신 세상

멀리서 보면 때로 세상은
조그맣고 사랑스럽다
따뜻하기까지 하다
나는 손을 들어
세상의 머리를 쓰다듬어준다
자다가 깨어난 아이처럼
세상은 배시시 눈을 뜨고
나를 향해 웃음 지어 보인다

세상도 눈이 부신가 보다.

2015. 따뜻

멀리서 보면 때로 세상은
조그맣고 사랑스럽다
따뜻하기까지 하다
나는 손을 들어
세상의 머리를 쓰다듬어
준다
자다가 깨어난 아이처럼
세상은 배시시 눈을 뜨고
나를 향해 웃음지어 보인다

세상도 눈이 부신가 보다.

이천십오년 가을, 눈부신 세상을 씁니다.

나 태 주

들길을 걸으며

1

세상에 와 그대를 만난 건
내게 얼마나 행운이었나
그대 생각 내게 머물므로
나의 세상은 빛나는 세상이 됩니다
많고 많은 사람 중에 그대 한 사람
그대 생각 내게 머물므로
나의 세상은 따뜻한 세상이 됩니다.

2

어제도 들길을 걸으며
당신을 생각했습니다
오늘도 들길을 걸으며
당신을 생각했습니다
어제 내 발에 밟힌 풀잎이
오늘 새롭게 일어나
바람에 떨고 있는 걸
나는 봅니다
나도 당신 발에 밟히면서
새로워지는 풀잎이면 합니다
당신 앞에 여리게 떠는
풀잎이면 합니다.

세상에 와
그대를 만난 건
내게 얼마나
행운이었나

그대 생각
내게 머물므로
나의 세상은
따뜻한 세상
빛나는 세상이
됩니다.

이천십사년.

'들길을 걸으며'를 씁니다.

나태주

우리들의 푸른 지구

사랑한다는 말 대신에 하는 말
오래 만납시다

사랑하겠다는 말 대신에 하는 대답
우리 함께 오래 있어요

날마다 푸른 지구
내일 더욱 푸른 지구

오늘은 네가 나에게 지구이고
내가 너에게 지구이다.

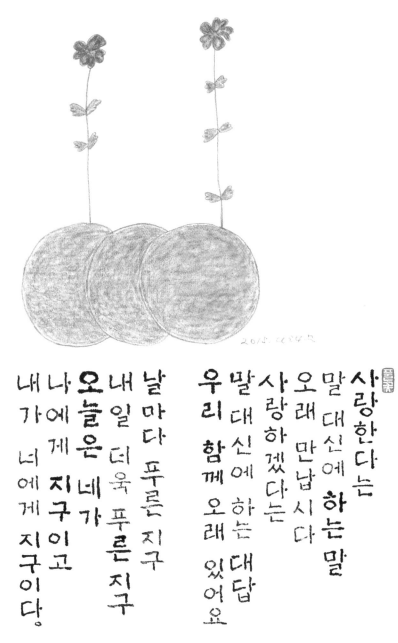

사랑한다는
말 대신에 하는 말
오래 만납시다
사랑하겠다는
말 대신에 하는 대답
우리 함께 오래 있어요

날마다 푸른 지구
내일 더욱 푸른 지구
오늘은 네가
나에게 지구이고
내가 네에게 지구이다

이천십오년 가을,
우리들의 푸른지구란 글을 쓴니다.

나 태 주

첫눈

요즘 며칠 너 보지 못해
목이 말랐다

어젯밤에도 깜깜한 밤
보고 싶은 마음에
더욱 깜깜한 마음이었다

몇 날 며칠 보고 싶어
목이 말랐던 마음
깜깜한 마음이
눈이 되어 내렸다

네 하얀 마음이 나를
감싸 안았다.

요즘 며칠 너 보지 못해
목이 말랐다
어제 밤에도 깜깜한 밤
보고 싶은 마음에
더욱 깜깜한 마음이었다

몇 날 며칠 보고 싶어
목이 말랐던 마음
깜깜한 마음이
눈이 되어 내렸다
네 하얀 마음이 나를
감싸 안았다.

이천십오년 가을, 첫눈 이란 글을 씁니다.

나 태 주

꽃그늘

아이한테 물었다

이담에 나 죽으면
찾아와 울어줄 거지?

대답 대신 아이는
눈물 고인 두 눈을 보여주었다.

2015. 박현숙

아이한테 물었다

이담에 나 죽으면
찾아와 울어줄 거지?

대답 대신 아이는
눈물 고인 두 눈을
보여주었다.

이천십오년 가을,
꽃그늘 이란 글을 적습니다.

나태주

2014. 나호난숙

멀리서 빈다

어딘가 내가 모르는 곳에
보이지 않는 꽃처럼 웃고 있는
너 한 사람으로 하여 세상은
다시 한 번 눈부신 아침이 되고

어딘가 네가 모르는 곳에
보이지 않는 풀잎처럼 숨 쉬고 있는
나 한 사람으로 하여 세상은
다시 한 번 고요한 저녁이 온다

가을이다. 부디 아프지 마라.

어딘가 내가 모르는 곳에
보이지 않는 꽃처럼
웃고 있는 너 한 사람으로
하여 세상은 다시 한번
눈부신 아침이 되고

어딘가 내가 모르는 곳에
보이지 않는 풀잎처럼
숨 쉬고 있는 나 한 사람
으로 하여 세상은 다시
한번 고요한 저녁이
온다

가을이다, 부디 아프지
마라.

이천십오년 가을, 멀리서 빈다 라는 글을
적습니다.

나태주

꽃과 별

너에게 꽃 한 송이를 준다
아무런 이유가 없다
내 손에 그것이 있었을 뿐이다

막다른 골목길을 가다가
맨 처음 만난 사람이
바로 너였기 때문이다

밤하늘의 별들을 바라본다
어둔 밤하늘에 별들이 빛나고 있었고
다만 내가 울고 있었을 뿐이다.

너에게 꽃 한송이를 준다
아무런 이유가 없다
내 손에 그것이 있었을
뿐이다

막다른 골목길을 가다가
맨처음 만난 사람이
바로 니 였기 때문이다

밤하늘의 별들을 바라본다
어둔 밤하늘에 별들이
빛나고 있었고 다만
내가 울고 있었을뿐이다

이천십오년 가을, 꽃과 별 이란 글을
적습니다.
나태주

공산성

기와집 위에 또 기와집
옛날 속에 또 옛날
그리움 뒤에 또 그리움.

2018. 나태주

기와집
위에
또 기와집

옛날
속에
또 옛날

그리움
뒤에
또 그리움.

이천십팔년,
공산성 이란 글을 적습니다.

나태주

너도 그러냐

나는 너 때문에 산다

밥을 먹어도
얼른 밥 먹고 너를 만나러 가야지
그러고
잠을 자도
얼른 날이 새어 너를 만나러 가야지
그런다

네가 곁에 있을 때는 왜
이리 시간이 빨리 가나 안타깝고
네가 없을 때는 왜
이리 시간이 더딘가 다시 안타깝다

멀리 길을 떠나도 너를 생각하며 떠나고
돌아올 때도 너를 생각하며 돌아온다
오늘도 나의 하루해는 너 때문에 떴다가
너 때문에 지는 해이다

너도 나처럼 그러냐?

네가 곁에 있을 때는 왜
시간이 빨리 가나
안타깝고 네가 없을 때
는 왜 이리 시간이 더딘
가 다시 안타깝다

멀리 길을 떠나도 너를
생각하며 떠나고 돌아
올 때도 너를 생각하며
돌아온다 오늘도 나의
하루해는 너 때문에
떴다가 너 때문에 지는
해이다 너도 나처럼
그러냐?

일부를 적습니다
이천십오년 가을. 너도 그러냐
나태주

좋다

좋아요
좋다고 하니까 나도 좋다.

좋아요
좋다고하니까
나도 좋당.

이천십오년 가을,

좋다란 글을 적습니다.

나태주

근황

요새
네 마음속에 살고 있는
나는 어떠니?

내 마음속에 들어와
살고 있는 너는 여전히
예쁘고 귀엽단다.

요새 마음속에 살고 있는

네 마음속에 살고 있는
나는 어떠니?
내 마음속에 들어와
사는 너는 여전히
예쁘고 있는 귀엽단다.

이천십오년, 근황이란 글을 적습니다. 나태주

나무

너의 허락도 없이
너에게 너무 많은 마음을
주어버리고
너에게 너무 많은 마음을
뺏겨버리고
그 마음 거두어들이지 못하고
바람 부는 들판 끝에 서서
나는 오늘도 이렇게 슬퍼하고 있다
나무 되어 울고 있다.

너의 허락도 없이

너에게 너무 많은
마음을 주어 버리고

너에게 너무 많은
마음을 빼앗겨 버리고

그마음 거두어들이지
못하고

바람 부는 들판 끝에
서서

나는 오늘도 이렇게
나무되어 울고 있다.

이천십오년.

나무 라는 글을 씁니다 나태주

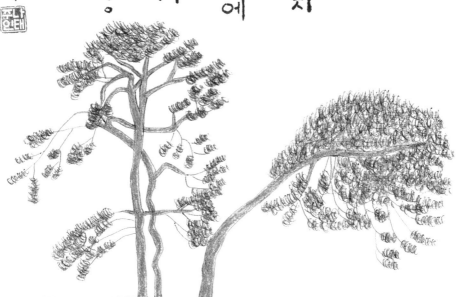

풀꽃 · 2

이름을 알고 나면 이웃이 되고
색깔을 알고 나면 친구가 되고
모양까지 알고 나면 연인이 된다
아, 이것은 비밀.

이름을 알고 나면 이웃이 되고
색깔을 알고 나면 친구가 되고
모양까지 알고 나면 연인이 된다
아, 이것은 비밀.

이천십오년 가을, 풀꽃 2를 적습니다. 나태주

풀꽃·3

기죽지 말고 살아봐
꽃 피워봐
참 좋아.

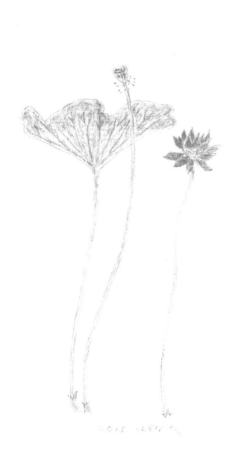

기죽지 말고 살아봐

꽃 피워 봐

참 좋아.

이천십오년 가을、 풀꽃 3을 씁니다。 나태주

사랑은 언제나 서툴다

서툴지 않은 사랑은 이미
사랑이 아니다
어제 보고 오늘 보아도
서툴고 새로운 너의 얼굴

낯설지 않은 사랑은 이미
사랑이 아니다
금방 듣고 또 들어도
낯설고 새로운 너의 목소리

어디서 이 사람을 보았던가…
이 목소리 들었던가…
서툰 것만이 사랑이다
낯선 것만이 사랑이다

오늘도 너는 내 앞에서
다시 한 번 태어나고
오늘도 나는 네 앞에서
다시 한 번 죽는다.

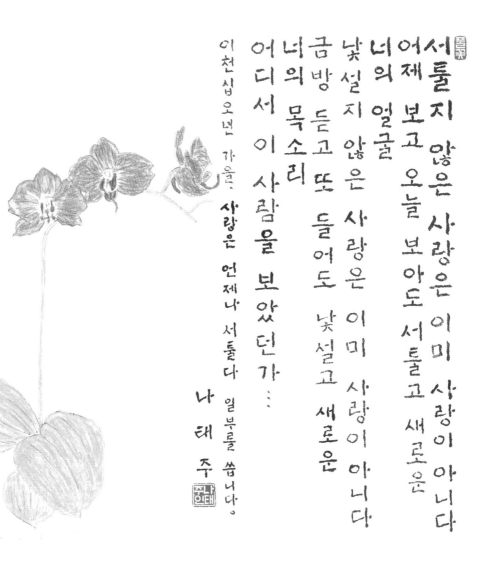

서툴지 않은 사랑은 이미 사랑이 아니다
어제 보고 오늘 보아도 서툴고 새로운
너의 얼굴
낯설지 않은 사랑은 이미 사랑이 아니다
금방 듣고 또 들어도 낯설고 새로운
너의 목소리
어디서 이 사람을 보았던가…

이천십오년 가을, 사랑은 언제나 서툴다 일부를 씁니다.

나태주

2014.

혼자서

무리 지어 피어 있는 꽃보다
두셋이서 피어 있는 꽃이
도란도란 더 의초로울 때 있다

두셋이서 피어 있는 꽃보다
오직 혼자서 피어 있는 꽃이
더 당당하고 아름다울 때 있다

너 오늘 혼자 외롭게
꽃으로 서 있음을 너무
힘들어 하지 말아라.

무리지어 피어있는 꽃보다

두 셋이서 피어있는 꽃이

도란도란 더 의초울 때

있다

두 셋이서 피어있는 꽃보다

오직 혼자서 피어있는 꽃이

더 당당하고 아름다울

때 있다

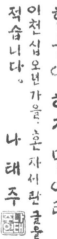

너 오늘 혼자 외롭게

꽃으로 서 있음을 너무

힘들어 하지 말아라.

이천십오년 가을. 혼자서 란 글을

적습니다.

나 태 주

이별

지구라는 별
오늘이라는 하루
두 번 다시 만나지 못할
정다운 사람인 너

네 앞에 있는 나는 지금
울고 있는 거냐?
웃고 있는 거냐?

지구라는 별
오늘이라는 하루
두번 다시 만나지
못할
정다운 사람인 너

네 앞에 있는 나는
지금
울고 있는 거냐?
웃고 있는 거냐?

이천십오년 가을,
이별 이라는 글을 씁니다.
나 태 주

우정

고마운 일 있어도 그것은
고맙다는 말
쉽게 하지 않는 마음이란다

미안한 일 있어도 그것은
미안하다는 말
쉽게 하지 못하는 마음이란다

사랑하는 마음 있어도 그것은
사랑한다는 말
쉽게 하지 않는 마음이란다

네가 오늘 나한테 그런 것처럼.

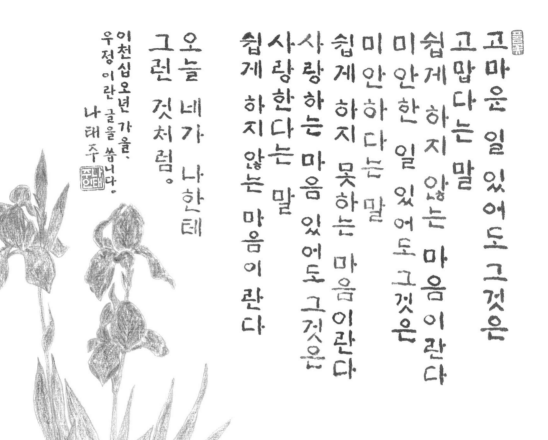

고마운 일 있어도 그것은
고맙다는 말
쉽게 하지 않는 마음이란다

미안한 일 있어도 그것은
미안하다는 말
쉽게 하지 못하는 마음이란다

사랑하는 마음 있어도 그것은
사랑한다는 말
쉽게 하지 않는 마음이란다

오늘 네가 나한테
그런 것처럼.

이천십오년 가을,
우정이란 글을 씁니다.
나태주

선물

하늘 아래 내가 받은
가장 커다란 선물은
오늘입니다

오늘 받은 선물 가운데서도
가장 아름다운 선물은
당신입니다

당신 나지막한 목소리와
웃는 얼굴, 콧노래 한 구절이면
한 아름 바다를 안은 듯한 기쁨이겠습니다.

하늘 아래 내가 받은 가장 커다란 선물은
오늘입니다
오늘 받은 선물 가운데서도 가장 아름
다운 선물은 당신입니다
당신 나지막한 목소리와 웃는 얼굴,
콧노래 한 구절이면 한 아름 바다를
안은 듯한 기쁨이겠습니다.

이천십사년, '선물'이란 글을 씁니다. 나태주

2014. ᄂᆫᄅᄅᄅᄅ

부탁

너무 멀리까지는 가지 말아라
사랑아

모습 보이는 곳까지만
목소리 들리는 곳까지만 가거라

돌아오는 길 잊을까 걱정이다
사랑아.

너무 멀리까지는 가지 말아라
사랑아

모습 보이는 곳까지만
목소리 들리는 곳까지만 가거라

돌아오는 길 잊을까 걱정이다

사랑아

이천십사년, 「부탁」이란 글을 적습니다. 나태주

2014. 대대구

날마다 기도

간구의 첫 번째 사람은 너이고
참회의 첫 번째 이름 또한 너이다.

간구의 첫 번째 사람은
너이고
너이고
참회의 첫 번째 이름 또한
너이다.

이천십오년 가을, 날마다 기도란 글을 적습니다.

나 태 주

햇빛 밝아

나 쉽게 못 가겠어
이렇게 좋은 사람들 두고

나 일찍 못 뜨겠어
이렇게 좋은 풍경을 두고

또다시 창밖에 바람이 부는지
새하얀 망초꽃 더욱 새하얗고

버드나무 실가지 긴 치마자락
바람한테 춤을 청한다.

나 쉽게 못 가겠어

이렇게 좋은 사람들

두고

나 일찍 못 뜨겠어

이렇게 좋은 풍경을

두고

또다시 창밖에

바람이 부는지

새하얀 망초꽃

더욱 새하양고

버드나무 실가지

긴 치마자락

바람한테 춤을 청한당

이천십오년 가을. 햇빛 밝아 나태주 란 글을 적습니다.

2015 나태주 계룡산 기슭에서

사랑에 답함

예쁘지 않은 것을 예쁘게
보아주는 것이 사랑이다

좋지 않은 것을 좋게
생각해주는 것이 사랑이다

싫은 것도 잘 참아주면서
처음만 그런 것이 아니라

나중까지 아주 나중까지
그렇게 하는 것이 사랑이다.

2015. 나태주

예쁘지 않은 것을
예쁘게 보아주는
것이 사랑이다

좋지 않은 것을
좋게 사랑해주는
것이 사랑이다

싫은 것도 잘
참아주면서 그런 것이
아니라
처음만 그런 것이
아니라
나중 또
나중까지
아주
그렇게 하는 것이
사랑이다.

이천십오년 가을, 사랑에
답함이란 글을 씁니다. 나태주

화살기도

아직도 남아있는 아름다운 일들을
이루게 하여 주소서
아직도 만나야 할 좋은 사람들을
만나게 하여 주소서
아멘이라고 말할 때
네 얼굴이 떠올랐다
퍼뜩 놀라 그만 나는
눈을 뜨고 말았다.

아직도 남아 있는 아름다운
일들을
이루게 하여 주소서
아직도 만나야 할 좋은
사람들을
만나게 하여 주소서
아멘이라고 말할 때
네 얼굴이 떠올랐다
퍼뜩 놀라 그만 나는
눈을 뜨고 말았다.

이천십오년 가을,

화살기도란 글을 적습니다.

나 태 주

2015. ㄸㄷ4.ㄹ 캐나다 풍경을 옮기다,

꽃 피우는 나무

좋은 경치 보았을 때
저 경치 못 보고 죽었다면
어찌했을까 걱정했고

좋은 음악 들었을 때
저 음악 못 듣고 세상 떴다면
어찌했을까 생각했지요

당신, 내게는 참 좋은 사람
만나지 못하고 이 세상 흘러갔다면
그 안타까움 어찌했을까요……

당신 앞에서는
나도 온몸이 근지러워
꽃 피우는 나무

지금 내 앞에 당신 마주 있고
당신과 나 사이 가득
음악의 강물이 일렁입니다

당신 등 뒤로 썰렁한
잡목 숲도 이런 때는 참
아름다운 그림 나라입니다.

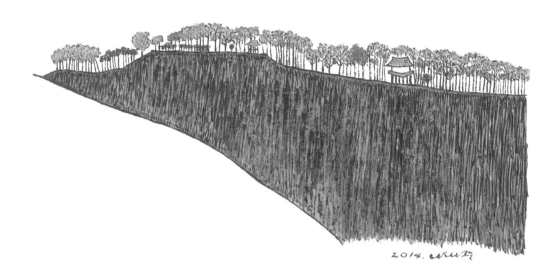

지금 내 앞에
당신 마주 있고
당신과 나 사이
가득 음악의 강물이
일렁입니다
당신 등 뒤로
설렁한 잡목 숲도
이런 때는 참
아름다운
그림나라입니다.

이천십사년,
꽃 피우는 나무를 씁니다.

나태주

2014. いけい은

외할머니

시방도 기다리고 계실 것이다,
외할머니는.

손자들이
오나오나 해서
흰 옷 입고 흰 버선 신고

조마조마
고목나무 아래
오두막집에서.

손자들이 오면 주려고
물렁감도 따다 놓으시고
상수리묵도 쑤어 두시고

오나오나 혹시나 해서
고갯마루에 올라
들길을 보며.

조마조마 혼자서
기다리고 계실 것이다,
시방도 언덕에 서서만 계실 것이다,
흰 옷 입은 외할머니는.

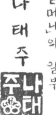

시방도 기다리고
계실 것이다
외할머니는

손자들이
오나오나 해서

흰옷 입고
흰 버선 신고

조마조마
고목나무 아래
오두막집에서.

이천십사년. 외할머니의 일부

나태주

사랑하는 마음 내게 있어도

사랑하는 마음
내게 있어도
사랑한다는 말
차마 건네지 못하고 삽니다
사랑한다는 그 말 끝까지
감당할 수 없기 때문

모진 마음
내게 있어도
모진 말
차마 하지 못하고 삽니다
나도 모진 말 남들한테 들으면
오래오래 잊혀지지 않기 때문

외롭고 슬픈 마음
내게 있어도
외롭고 슬프다는 말
차마 하지 못하고 삽니다
외롭고 슬픈 말 남들한테 들으면
나도 덩달아 외롭고 슬퍼지기 때문

사랑하는 마음을 아끼며
삽니다
모진 마음을 달래며
삽니다
될수록 외롭고 슬픈 마음을
숨기며 삽니다.

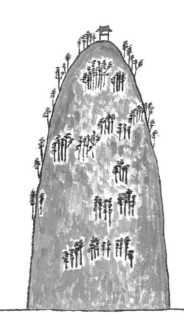

2014. 나태주

사랑하는 마음 내게 있어도
사랑한다는 말
차마 건네지 못하고 삽니다
사랑한다는 그 말 끝까지
감당할 수 없기 때문

모진 마음 내게 있어도
모진 말차마 하지 못하고 삽니다
나도 모진 말 남들한테 들으면
오래오래 잊혀지지않기 때문

이천십사년、 사랑하는 마음 내게 있어도
일부를 적다。

나태주

안부

오래
보고 싶었다

오래
만나지 못했다

잘 있노라니
그것만 고마웠다.

오래 보고 싶었다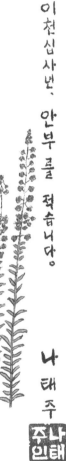

오래 만나지 못했다

잘 있노라니 그것만 고마웠다.

이천십사년. 안부로 적습니당.

나태주

2014. 따뜻한삶

섬에서

그대, 오늘

볼 때마다 새롭고
만날 때마다 반갑고
생각날 때마다 사랑스런
그런 사람이었으면 좋겠습니다

풍경이 그러하듯이
풀잎이 그렇고
나무가 그러하듯이.

2014, 다미산

그대, 오늘

볼 때마다 새롭고
만날 때마다 반갑고
생각날 때마다
사랑스런
그런 사람이었으면
좋겠습니다

풍경이 그러하듯이
풀잎이 그렇고
나무가 그러하듯이

이천십사년, "섬에 선물 씁니다.

나태주

개양귀비

생각은 언제나 빠르고
각성은 언제나 느려

그렇게 하루나 이틀
가슴에 핏물이 고여

흔들리는 마음 자주
너에게 들키고

너에게로 향하는 눈빛 자주
사람들한테도 들킨다.

생각은 언제나 빠르고
각성은 언제나 느려
그렇게 하루나 이틀
가슴에 핏물이 고여

흔들리는 마음 자주
너에게 들키고
너에게로 향하는 눈빛 자주
사람들한테도 들킨다.

이천십사년, 개양귀비란 글을 적습니다.

나태주

2014.

강아지풀을 배경으로*

서 있기보다는
누워 있는

아주 눕기보다는
비스듬히

등을 기대고
혼자서보다는
두셋이서

난 그런
강아지풀.

*「강아지풀을 배경으로」 중 일부를 옮겼습니다.

대숲

서 있기 보다는
누워 있는

아주 눕기보다는
비스듬히

등을 기대고
혼자서보다는
두셋이서

난 그런
강아지풀.

이천십사년, 강아지풀을 배경으로
나태주

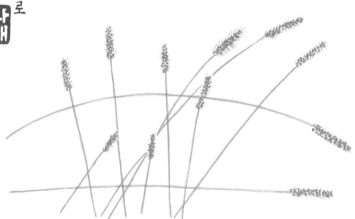

시

마당을 쓸었습니다
지구 한 모퉁이가 깨끗해졌습니다

꽃 한 송이 피었습니다
지구 한 모퉁이가 아름다워졌습니다

마음속에 시 하나 싹텄습니다
지구 한 모퉁이가 밝아졌습니다

나는 지금 그대를 사랑합니다
지구 한 모퉁이가 더욱 깨끗해지고
아름다워졌습니다.

마당을 쓸었습니다
지구 한 모퉁이가 깨끗해졌습니다

꽃 한 송이 피었습니다
지구 한 모퉁이가 아름다워졌습니다

마음 속에 시 하나 싹텄습니다
지구 한 모퉁이가 밝아졌습니다

나는 지금 그대를 사랑합니다
지구 한 모퉁이가 더욱 깨끗해지고
아름다워졌습니다.

이천십사년, '시'라는 글을 적습니다.   나 태 주

제비꽃

그대 떠난 자리에
나 혼자 남아
쓸쓸한 날
제비꽃이 피었습니다
다른 날보다 더 예쁘게
피었습니다.

떼숲

그대 떠난 자리에
나 혼자 남아
쓸쓸한 **날**
제비꽃이 피었습니다
다른 날보다 더 예쁘게
피었습니다.

이천십사년, 제비꽃이란 글을 씁니다.

나태주

2014. 나태주

행복

저녁 때
돌아갈 집이 있다는 것

힘들 때
마음속으로 생각할 사람 있다는 것

외로울 때
혼자서 부를 노래 있다는 것.

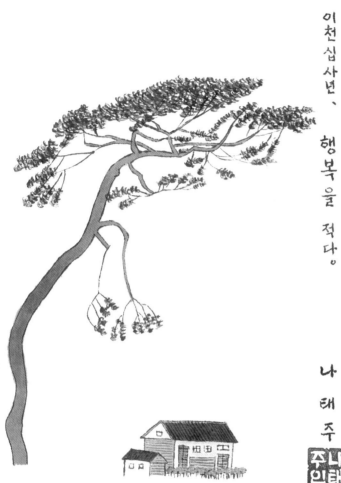

저녁때, 돌아갈 집이 있다는 것

힘들때, 마음속으로 생각할 사람 있다는 것

외로울때, 혼자서 부를 노래 있다는 것.

이천십사년, 행복을 적다.

나태주

행복

저녁 때
돌아갈 집이 있다는 것

힘들 때
마음속으로 생각할 사람 있다는 것

외로울 때
혼자서 부를 노래 있다는 것.

저녁 때
둘이 갈 집이 있다는 것

힘들 때
마음속으로 생각할 사람 있다는 것

외로울 때
혼자서 부를 노래 있다는 것.

이천십오년,
행복 이란 글을 적습니다.

나 태 주

뒷모습

뒷모습이 어여쁜
사람이 참으로
아름다운 사람입니다

자기의 눈으로는 결코
확인이 되지 않는 뒷모습
오로지 타인에게로 열린
또 하나의 표정

뒷모습은
고칠 수 없다
거짓말을 할 줄 모른다

물소리에게도 뒷모습이 있을까?
시드는 노루발풀꽃, 솔바람 소리,
찌르레기 울음소리에게도
뒷모습은 있을까?

저기 저
가문비나무 윤노리나무 사이
산길을 내려가는
야윈 슬픔의 어깨가
희고도 푸르다.

뒷모습이 어여쁜
사람이 참으로
아름다운 사람
입니다

자기의 눈으로는
결코 확인이 되지
않는 뒷모습

오로지 타인에게로
열린 또 하나의
표정.

「뒷모습」의 일부를 씁니다.

이천십사년.

나 태 주

2014. 이영식

다시 9월이

기다리라, 오래오래
될 수 있는 대로 많이
지루하지만 더욱

이제 치유의 계절이 찾아온다
상처받은 짐승들도
제 혀로 상처를 핥아
아픔을 잊게 되리라

가을 과일들은
봉지 안에서 살이 오르고
눈이 밝고 다리 굵은 아이들은
멀리까지 갔다가 서둘러 돌아오리라

구름 높이, 높이 떴다
하늘 한가슴에 새하얀
궁전이 솟았다

이제 제각기 가야 할 길로
가야 할 시간
기다리라, 더욱
오래오래 그리고 많이.

2015,
어느가을

가을 과일들은
봉지 안에서 살이 오르고
눈이 밝고 다리 굵은
아이들은 멀리 까지
갔다가 서둘러
돌아오리라
구름 높이, 높이 떴다
하늘 한 가슴에
새하얀 궁전이 솟았다
이제 제각기 가야할
길로 가야 할 시간
기다리라, 더욱
오래오래 그리고 많이.

이천십오년 가을,
다시 구월이의 일부를 씁니다.

나 태 주

연

오래
기다리셨습니다

보여 드릴 것은
조그만 마음뿐입니다

부디 오래
계시다 가십시오

바람에겐 듯
사랑에겐 듯.

오래 기다리셨습니다
보여드릴 것은
조그만 마음 뿐입니다
부디 오래
계시다 가십시오.

이천십사년. 연의 일부를 적습니다. 나태주

2014.

이 가을에

아직도 너를
사랑해서 슬프다.

아직도 너를
사랑해서 슬프다.

이천십사년, 이 가을에, 를 적습니다.

나태주

2014.

오늘도 그대는 멀리 있다

전화 걸면 날마다
어디 있냐고 무엇하냐고
누구와 있냐고 또 별일 없냐고
밥은 거르지 않았는지 잠은 설치지 않았는지
묻고 또 묻는다

하기는 아침에 일어나
햇빛이 부신 걸로 보아
밤사이 별일 없긴 없었는가 보다

오늘도 그대는 멀리 있다

이제 지구 전체가 그대 몸이고 맘이다.

전화 걸면 날마다 어디 있냐고 무엇 하냐고
누구와 있냐고 또 별일 없냐고
밥은 거르지 않았는지 잠은 설치지 않았는지
묻고 또 묻는다
하기는 아침에 일어나 햇빛이 부신 걸로 보아
밤사이 별일 없기는 없었는가 보다
오늘도 그대는 멀리 있다 이제 지구 전체가
그대 몸이고 맘이당.

이천십오년 가을, 오늘도 그대는
멀리 있다를 적습니다. 나태주

나태주 육필시화집

초판 1쇄 발행 2018년 10월 16일
초판 6쇄 발행 2024년 6월 3일

지은이   나태주

펴낸이   김선기
펴낸곳   (주)푸른길
출판등록 1996년 4월 12일 제16-1292호
주소   (08377) 서울시 구로구 디지털로 33길 48 대륭포스트타워 7차 1008호
전화   02-523-2907, 6942-9570~2
팩스   02-523-2951
이메일   purungilbook@naver.com
홈페이지 www.purungil.co.kr

ISBN   978-89-6291-469-6   03810